하늘 꽃밭

김장동 시집

하늘 꽃밭

북치는마을

정년을 앞두고 묶은 이번 시집은 좀 색다르다. 그것은 전매특허인 그리움과 기다림의 정서를 벗어나 보다 현실적인 소재에 집착했다는 의미가 된다.

'하늘 꽃밭' 편은 등산을 하면서 주로 보고 느끼고 한 정서를 진솔하게 표현했다고 할까. 앞으로 전국의 명산을 등산하면서 보고 듣고 느낀 등산시만 모아 한 권의 시집을 묶고 싶다는 욕심의 일부가 된다.

'가족 이야기' 편은 떠올리고 싶지 않은 가족 이야기인데 나이가 들은 탓인지 이쯤 해서 한번 가족사를 돌이켜보고 싶어 담시 형식으로 표현한다고 했으나 내게는 어색하고 생소한 시일 수밖에 없다.

마찬가지로 '따따봉' 편도 아침이면 배달되는 신문 기사를 읽다가 문득 문득 떠오른 시사적인 내용을 담시 형식으로 표현했다. 내게 있어 칼럼과 같은 성격의 시라고 할 수 있는데 이는 내 시에 있어 이단이 된다.

이 나이 들어 참여적인 담시를 쓰고 싶어지는지 모르겠다. 왜 그럴까? 모르긴 몰라도 현실이 바람직한 방

향으로 가지 못하고 아직도 죄파라는 소용돌이에서
헤어나지 못하고 있다는 안타까운 마음에서라면 지나
친 보수일까. 아마 그럴 것이다.

'아, 모정' 편은 향가인 「도천수대비가」를 소재로
단편소설을 썼고 그런 소설을 대상으로 오페라 혹은
뮤지컬 대본으로 개작을 해 수록했다.

수록한 의도는 솔거의 예술혼과 희명의 모성애를
대비시켜 모성애야말로 예술혼의 정점이라는 것을 표
현하고 싶어서였다.

내게 있어 시는 요물단지이다. 그런 탓인지 보통 사람
인 내게 시란 놈은 웬만큼 해선 속내를 드러내지 않는다.

이 시집을 묶으면서 생각나는 것은 평생을 두고 시
의 속내를 찾아다녔으나 시의 속내에는 접근도 못한
채 겉늙어버렸다는 한심한 생각밖에 들지 않는다.

이 시를 읽는 이가 있다면 질정(叱正)을 부탁한다.

2010년 9월 둔촌동 우거에서
지은이 적음

목차 |

하늘 꽃밭

가족 이야기

따따봉

하늘 꽃밭

우포늪
우포여, 고맙다
우포의 밤
우포의 사계
산행을 할 때는
농자천하지대본
하늘 꽃밭
하늘을 나는 새에게
칠선계곡 물소리
오늘 산행은
오룡산 산행
산행하는 여인
산사의 가을
저 산은
도봉에서
독도
방태산
믿거나 말거나
달이 날 따라오며
초승달만큼
그리움의 붉기
바람에게 물어 봐

우포늪

우포늪은 우포, 목포, 사지포, 쪽지벌 등
크고 작은 네 개 늪을 품어
하루에도 몇 번씩 변하는 팔색조,
천의 얼굴을 가진 생명체의 비원(秘苑)인데도
해마다 보릿고개가 닥칠 때면
농사지으려고 늪을 메우러들었고
농어촌공사조차 개발에 목을 맨 데다
생활 쓰레기 매립장이
될 뻔하는 천덕꾸러기까지 되었으나
환경보존운동으로
비무장지대 대왕산 용늪을 제외하곤
한국 최초 람사르협약에 등록되어
1억4000만년 동안이나 품었던 철새와 나무,
별을 계속해 품을 수 있게 되었다지.

우포여, 고맙다

때로는 낮보다 밤이 보다
아름다운 곳이 있으니
그게 바로 우포늪이다.
한여름 염천으론
숨이 턱턱 막힌 데다
지난 여름에는 국지성 폭우까지 내려
텃새들 둥지마저 숨을 죽였는데
초가을 들어서는 왕버들,
칡넝쿨이며 숨을 죽였던
반딧불이 주연으로 등장하자
최적의 조화까지 이뤄
낮보다 밤이 아름다운 늪이 되었나니
고맙다, 우포늪이여!

우포의 밤

밤마다 세 개의 별이 내려와
잔치를 벌이는 곳.
해 지자 쏟아질 듯한 하늘별이
불꽃놀이하고
네 개의 늪에 내려앉는 불별이
도원경을 연출해.
9월 중순으로 만나는 풀별마저
자태를 뽐내나니.

뒤늦게 반딧불이 나타나
오케스트라를 지휘해서
소쩍새로 하여금 밤의 고요를
종횡으로 노래하면
1억 4000년의 시간이 고이는
늪으로 탄생한다, 우포늪은.

우포의 사계

왕수양버들나무가 담록을 시샘하고
자운영이 손짓하는 봄을
시로서 표현할 수 있을라나.

완벽하게 녹음 찬치를 벌이는
여름을 두고는
수필로 표현할 수 있을라나.

겨울 초입이면 수만 마리 철새가
군무에 동참하는 장관을
소설로 표현할 수 있을라나
난, 모르겠네.

학이 춤추는 겨울은 빼기로 하지.
너무너무 우아해
글로는 표현할 수 없으니.

산행을 할 때는

산행을 가기 며칠 전부터

속세의 온갖 욕심

배낭에 꾹꾹 눌러

담고 담아서는

허리가 휘청 휘도록 지고 떠날 일이다.

막상 산행을 시작하면서는

허리가 휘도록

담고 담아온 욕심은

하나씩 둘씩 끄집어내어

지나온 발자욱과 함께 두고 올 일이다.

산행을 마칠 쯤 해서는

텅텅 비운 배낭에

산의 정기, 소에 잠긴 전설을

차곡차곡 채워 와서는

가까운 이웃에게 하나씩 나눠줄 일이다.

* 서울청계산악회를 따라 산행을 다녀와서

농자천하지대본

우리가 가난했던 한때는
벼 벤 논에서
알뜰살뜰 이삭줍기를 하면서도
작은 기대, 먹는 기쁨이
한 줌쯤은 있었다.

지금은 콤바인으로 벼를 베어
벼이삭이 논바닥에 늘렸는데도
줍는 사람 하나 없어.
여름 내내 농부들이 피땀 흘러
지은 벼인데도
농자천하지대본은
물 건너가도 여러 번 갔다면서.

하늘 꽃밭

파란 하늘 아래 꽃바람 머무는 곳
아침 이슬 머금은
가지가지 꽃들이 길 안내하고
자작나무 사이로
아기 손만한 햇발 한 줌이
안개를 뚫어서야
세상에 모습을 드러내는 곳
계곡을 흐르는 물소리가
일벌들 붕붕 소리며
이름 모를 산새 소리까지
조용히 잠재우는 곳
그곳이 하늘 아래 꽃밭이래지.

하늘을 나는 새에게

울고 싶으면 실컷 울어라.
순진하기 때문에
착하기 때문에
울 수 있다는 것은
얼마나 행복한 것인지
하늘을 나는
새만이 알고 있으니까.

울고 싶을 때 울고
그치고 싶으면 그치고
울다가 그치고
그쳤다가 또 우는 것
그것은 방종이 아니라
자유의 순수이니까.

칠선계곡 물소리

그저께 엘리뇨 현상으로
유례없는 폭우 내린 지리산 칠선 계곡
계곡을 흐르는 물소리가
봉우리를 흔들다 못해
벼락치는 천둥소리까지 잠재웠다 카더니
딱 하나 잠재우지 못한
소리가 있다지.
그게 무슨 소린가 해서 엿들어 봤더니
물소리끼리 속삭이기를
물보라 고운 피부 가진 여인이
소에서 알탕하다* 비경에 놀라
입이 딱 벌어지면서
아! 하는 탄성 소리 아니겠느냐고
와글와글 떠들어대지 않겠어.

* 알몸으로 계곡 소에 들어갔다가 나오는 것

오늘 산행은

동강 백운산 오르다가 눈 아래로
감입 사행 안쪽 지형이
한반도 빼닮은 데
놀라고.
초면인 여인과 하산하는데
마라톤 풀코스를
4시간 12분에 주파했다는데
또 놀라고.
너무 목말라 시원한 생맥주라도
한 잔 때렸으면 하는데
그네도 같은 생각을 했다는데
더욱 놀라고.
놀라다 하산한 줄도 몰라서
더더욱 놀랐으니
오늘 산행은 놀란 산행일 테지.

오룡산 산행

봉화 오룡산 오르는 길은
수줍은 새악시 같은 흙길.
지난 가을 싸인 낙엽
푹신한 양탄자 깐 길
군락 이룬 신갈나무 숲이
그늘마저 드리웠으니
발바닥이 호강한 산행.

하산 길은 미녀들의 각축장.
각선미 콘테스트라도 하는지
매끈하게 뻗은 금강송
하늘 향하다 돌아서더니
어디 미녀들의 각선미뿐이냐고
나 보란 듯 뽐내나니
눈이 마냥 호강한 산행.

산행하는 여인

하늘 공원 한 자락이
추천 타고 내려와
나무 중의 귀공녀 자작나무보다
귀품 있는 여인을
이 八月에 산행케 했는지
뒤늦게야 바보처럼 깨닫나니.
그네의 고운 마음
옹달샘에 담아두기 위해서인데
마냥 뒤 따르며
'그만하면 됐어, 그만한 여인이
세상에 어디 또 있겠어.'
하고 연신 감탄을 자아내다니,
숲속에 잠든 새들마저
피식 웃으며 깨어나겠다.

산사의 가을

숲이 없는 산,
절이 없는 산,
가을 없는 산
을 누가 감히 상상이나 하겠는가.

바위 틈새 돌을 주워
돌담 쌓고
세월 흘러
돌담에 진초록 이끼 끼어
'나도 숲의 일부라고요'
하면
비로소 수줍은 갈색으로
단장하는 산사의 가을.

저 산은

저 산은 날 보고
산처럼만 살라 카고
계곡의 물소리는
내 귀에 대고
물처럼 맑게
살라고 속삭인다.

지나가는 바람마저
다가와 은근 슬쩍
내 손 잡아채더니
바람같은 욕심 버리고
땅을 거울삼아
그렇게 살다 가라고 칸다.

도봉에서

억만 겁 스쳐가는 바람을
한 줌 두 줌
모아, 모아서는
자운봉 만들어내고
억만 겁 두고
피는 꽃을
한 송이 또 한 송이
모아, 모아서는
만장봉 만들어내고.

그리고도 남은 바람과
한 송이 꽃으로
그대 마음을 사
자운봉 만장봉에
성 하나 쌓고
한 백년 살아가리.

독도

동해 저 멀리 한 점 섬으로
남은 것이 어떻게도 서러운지.
그 서러움 달래다 못해
동도는 서도를 바라보고
서도는 동도를 바라보며
망국석(望國石)으로
남은 것도 모자라
조국의 불길한 소식 들려올 때마다
눈 가리고 귀 막아
마냥 눈물 흘리나니
천안함 사태마저
국론 통일 이루지 못한 것이
안타깝고 서럽다 못해
그 파고 잠재우려고
오늘도 펑펑 눈물 쏟고 있다 칸다.

방태산

한여름 폭염이 대지를 푹푹 삶는데
방태산 등산로로 들어서니
때 아닌 국지성 폭우 쏟아져
산을 오를까 말까
망설이고 있는데
20년 세월을 훌쩍 건너뛰어
30대로 착각한
고 귀엽고 사랑스런 여인이 등산로 따라
산책하는 데야
뒤따르지 않을 수 없었지.
그네의 마음속에
내 마음 한 자리 차지하고 싶은 꿍심을
들키지 않으려고 애태우면서.

믿거나 말거나

처녀 총각이 사과 잎새에 숨어
여름내 따가운 햇볕과
데이트를 했는데도
못다 한 이야기 남아
초가을 햇볕과 테이트하다
화들짝 들켜
얼굴이 발그레해 졌다나.
그 바람에 숨어
데이트를 지켜보던 사과가
얼굴이 빨게 지는 바람에
과수원 모든 사과가
빨갛게 물 들었다 칸다.
믿거나 말거나.

달이 날 따라오며

너무나 슬픈 밤이면
마음 둘 데 없어
하늘 한가운데
달 보고 있으면
달마저 마음 알고
따라오며 슬픔 나눠 갖자 카네.

좋은 일, 기쁜 일 생겨
빙긋 미소 지으면
어느 새 반달이 알고
내 뒤를 따라오며
기쁨 나눠 갖자고
어린 아이 보채듯 하네.

초승달만큼

우리 둘은 초승달이 뜨면
초승달만큼 기뻐하고
보름달이 뜨면
더도, 덜도 말고
보름달만큼 기뻐할 일이다.

낮달이 공중에 걸려 있을 때는
낮달만큼 슬퍼하고
그믐달이 여명을 밝히면
그믐달만큼 행복할 일이다.

그렇게 둘이 함께 살다가
오라는 데 없어도
함께 가기로 하지.

그리움의 붉기

그리움이 너울처럼 망울져
꽃 피우게 되면
홍옥보다 붉은 열매
맺을 수 있을라나
도저히 모르겠네.
그리움이 너무 커서.

그 붉은 열매
가슴을 태우고 태워도
못 다 태운
그리움 하나는 어쩔라나
도대체 모르겠네.
그 열매 너무나 붉어.

바람에게 물어 봐

지나가는 바람에게
건숭으로 물어 봐.
한겨울 폭설에 묻혀
동백꽃 피어낸
열정으로도
그대 마음 뜨겁게
달구지 못하는데
그게 어찌
그리움이겠느냐고.
그리움이란
얼마나 큰 것인지
그대가 모르듯이
내 그리움
얼마나 큰 것인지
나도 모르는데.

가족 이야기

세상에 태어나

세상에 태어나 처음으로
기억에 남아 있는 것은 왕할미*에게
곰방대로 이마 맞아
혹이 생긴 기억이랍니다.
네 살 땐가, 5월 늦은 하루
안방에 나락 겉껍질 벗긴 겨 쏟아놓고
삼베를 짜기 위해 삼 삼아
커다란 타래 만들어
일곱 여덟 개를 띄우는데
방 따습다고 기거하던 왕할미
안방을 거쳐 건넛방으로
건너가기라도 하면
'요놈, 팽이처럼 싸대고 댕기다니'
하면서 곰방대로 이마를 때려
왕밤 만한 혹이 생긴 것을
지금도 생생하게 기억하고 있답니다.

* 왕할미는 증조할머니

기제사 음식

동네에서 기제사 지낸 집에서는
마을 어르신들에게
음복하라고 전이며 과일,
제삿밥을 돌리곤 했다.
당연히 나이 많은 왕할미에게도
기제사 밥이 배달되었다.
왕할미가 수저를 들기도 전에
과일 접시에 놓인
반쪽 밤알을 집으려고
잽싸게 손 내밀다가
'이 베라먹을 놈, 어른이 먹기도 전에
어디다 손을 대'
하시면서 피우던 곰방대로 내려쳐
이마에서 번갯불이 번쩍,
왕방울 만한 혹이 생긴 것이
지금도 생각납니다.

만장기

다섯 살 들면서 기억에 남은 것은
왕할미가 돌아가시고
상여 꾸며 집을 나갈 때
만장기 중에서도
붉은 천에다 흰 글씨 쓴 만장기 들고
따라가겠다고 땡깡 부린 것
기억에도 생생합니다.
어린 나이에 만장기를 들고
갈 수도 없거니와
상여길이 이십여 리라
못 간다고 엄마가 얼리고 달래도
종일 땡깡 부리면서
엄마 속 썩힌 것 말입니다.
그런데 엄마는 얼굴을 붉히거나
손찌검하지 않은 것까지
기억하고 있답니다.

황태 한 마리

태어나 처음으로 병에 걸린 기억으로는
여름인데도 추워서 달달 떨어대는
말라리아에 걸려
아파 울고 먹지 못해 울고
참 많이도 운 것 기억납니다.
병원은 그만두고라도
약조차 지어 먹이지 못해.
오직 얼리고 달랜다는 것이
제사 때 쓰다 남은 뼈쩍 마른 황태
한 마리 쥐어주면서
울음 그치라고 달랬으니.
얼마나 못 먹고 못 살았으면
그게 기껏 자식 사랑하는 엄마의 마음이
황태였을까를 생각하니
지금도 목이 멘답니다.

개떡

보릿고개는 울고, 울면서 넘어
내 욕심 얼마나 컸던지
개떡이이라도 찌면
누나들 못 먹게 하느라고
숨긴다는 것이
누구도 올라가지 못하는
뒤뜰 감나무
가지 끝에 매달아놓아.
그리곤 한 달이고 두 달이고
까맣게 잊고 있다가
뒤늦게 기억해내고
올라가 보면
썩고 곰팡이 피워
버린 적이 여러 번이었습니다.

목을 딴대도

내가 얼마나 무관심 속에 자랐는가 하면
죽을 동 살 동 땡깡 부려도
그 요구 들어주기는커녕
누구 하나 거들떠보지도 않았다.
하루는 땡깡 부리다 못해
물고기 배를 따듯
목을 딴다고 연필 깎는 칼로
목을 자해해 피가 흐르는 데도
이를 지켜보던 큰 누나는
'더 세게 찔러. 그래 가지고 죽겠어.' 했고
형수는 내가 할아버지 된 뒤에도
이를 두고두고 험담하니
고집 하나는 알아 줄 만했지.
그렇게 무관심 속에 난 자랐답니다.

콩서리

대학을 다니다 고향에 온 큰형이
콩서리를 하자고 하곤
자기는 손끝도 까닥 하지 않은 채
무덤 가 잔디에 누워
나 보고,
‘알맞게 영근 콩을 포기 채 뽑아 오라’더니
마른 풀까지 주워 오라고 하지 않는가
나는 시키는 대로
남의 콩밭에 몰래 들어가
알맞게 영근 콩 포기를 한 아름 뽑고
마른 풀까지 주워 와
불 피워 콩 포기를 그을려
떨어진 콩을 먹을 때까지는 좋았으나
다 주워 먹도 나자
형은 반이나 콩이 달린 콩 포기를 가지고
산 속으로 달아났다.
나는 돌멩이를 주워 들고
형을 찾아 오후 내내 산속을 헤매었지.

가출

중 3, 11월 고교 입시의 중요한 시기였다.
형님 가족만이 아이스 쇼를 보러 가서
늦게까지 돌아오지 않았다.
나는 생각 끝에 저녁밥을 지었는데
돌아온 형수가 밥 지은 공치사는 그만두고
얼마나 미운 털이 박혔는지 몰라도
미안하다는 내색 하나 없이
받아 둔 수돗물이 적어 세수도 못한 채
겨우 쌀만 씻어 밥만 했는데도
받아놓은 수돗물 다 썼다고 악을 써댔다.
욱하는 심정은 죽어도 형수 밑에 있기 싫어
받아 둔 등록금 가지고 가출을 했것다.
갈 곳을 생각타가 서울역으로 나가
11시 부산행 밤 기차를 탔다.
이 목숨 다할 때까지
밤기차가 세상 끝까지 데려가줬으면 했으나
초겨울 새벽 부산진에 떨어뜨려 놓았다.
우남공원, 태종대, 마산, 삼량진 등

발길 닿는 대로 돌아다니기 3일째

맞아 죽더라도 집에 가고 싶어 고향으로 들어섰다.

집 앞 논에서 마늘을 심던 아버지,

호랑이보다 더 무섭던 아버지가 삽 들고

후려치려고 달려올 줄 알았는데

형수가 오죽 못해 줬으면

학교 다니다 도망쳐 내려왔겠느냐 듯

"옷 갈아입고 나오니라." 하고 말씀 하셨을 때야

아버지가 위대함을 비로소 깨달았다.

큰형은 수소문 끝에 나를 찾아 마을로

들어서다가 마늘 심는 나를 보더니,

'왔냐' 하더니 그 길로 서울로 올라가 버렸다.

아버지는 맏이만을 끔찍이 생각하시더니

양말 한 컬레 얻어 신지 못하고 돌아가셨으니

'고생고생하며 아들 공부시켜 봐야

지들만 좋지, 다 소용없다' 고

'교수 되고 박사 되어 출세하면

무슨 소용 있느냐' 는 소리만 들었지.

첫째 누나

열흘이 지났는데도 전쟁이 난 줄 모르고
여덟 살 배기 나는 아버지가 무서워
굼논 열네 마지기 머슴 따라 두 벌 김매다가
어두워 들어와서 늦은 저녁 먹는데
뜻밖에도 형 공부하는데 밥 해주러 간
큰 누나가 마당으로 들어서면서
'난리가 나 남들은 피난 간다고 야단인데
이렇게 한가할 수가?' 하자,
아버지는 인사치레 한 마디 없이
'니 오래비는 안 온 게여?'
'사태를 보고 뒤따라온다고 저 보고
먼저 내려가 있으라고 그랬어요?'
'뭐 어찌고 어째?
뒈져도 같이 죽지 혼자 살겠다고
오래비 두고 니 혼자 살겠다고 꺼질려 내려와?'
하자 밥상이 마당에서 놀아나면서
조용하던 집안은 천지 풍파를 일으켰다.
서울을 출발해 닷새 동안 걸어오면서

발바닥은 물집이 져 터진 데다

먹지 못해 금방이라도 쓰러질 것 같은

큰딸은 생각지도 않은 채

큰 아들 생각에 홱 돌아버린 것일까.

농사 지어 일제의 눈을 피해

두 말들이 쌀자루 양 손에 들고

끙끙대며 밤차 타고

아들에게 갖다 주던 정을

딸들에겐 왜 나눠주지 않는지.

우리 집의 6.25는 아버지가 주범이었다.

둘째 누나

시집간다고 날 받아놓은 둘째 누나
하루는 예쁘게 보이려고
했는지 알 수 없으나
읍 장날에 가 긴 머리 싹둑 자르고
보글보글 파마하고
집에 들어서면서 아버지 알까
전전긍긍하다가 들키고 말았다
당장에 저 년이 들어 집안 망신시킨다고
하늘 벼락 떨어졌다.
벼락치고 그런 벼락 세상에 없었다.
작대기며 숫돌이며 눈에 띄는 대로
집어 던지며 있는 성화,
없는 성화 다 긁이셨고
말리던 엄마는 던지는 숫돌에 옆구리를 맞아
며칠이나 몸을 움직이지 못하셨다.
아버지는 집안 분란을 일으키고도
화가 가라앉지 않았던지
사랑으로 들어가 문을 안으로 걸어 잠군 채

열흘이나 바깥에 나오지 않으셨다.
그런 행동이 딸 시집보내는
아버지 특유의 의식인지 모르겠으나
혼인날이 닥쳐서야
어쩔 수 없었든지
혼례를 치르기는 했는데
초례청에 서 있는 누나의 얼굴이,
화나고 상한 표정이
어린 마음에도 못이 박혀
지금도 잠이 오지 않는 밤이면
내 행동을 돌아보게 합니다.

셋째 누나

두 살 터울인 셋째 누나한테는 늘 미안해.

형수 밑에 죽어도 있기 싫어

대학 떨어져 고향 가면

아버지에게 벼락 맞지 않겠지 하는

어리석은 생각으로

빈둥빈둥 놀기만 하다가

입시에서 낙동강 오리알 되고

아버지 도우며 농사나 지을까 해

고향에 내려와 있으면서

사흘 도리로 아버지와 싸움을 했으니.

일밖에 모르시는 아버지,

죽을 동 살 동 일 않는다고 성화시고

대학 떨어진 심정은 모른 채 일만 하라고 해서

난 참 많이도 싸웠지.

젊어 외지 생활로 일이 서툰 아버지

소로 밭갈이도 못해 시집 갈 누나보고

소처럼 멍에 지어 밭골 타면서

싫은 소리 한 마디라도 하면
사랑으로 들어가 문 닫아걸고
골 부리기 내기를 하셨다.
부자 싸움 등쌀에
얼마나 진절머리를 쳤던지
보다 못해 욱 하는 심정으로
맞선보고 마음에도 들지 않는 사람과
도망치는 셈치고 결혼을 해 버렸으니
그 결혼 행복할 리 있겠어.
씨앗까지 봐 속까지 썩혔다니
그 처지 알고부터
두고두고 미안한 마음 가실 길 없어.

밤차를 타고 가면서

때로는 눈물도 한없이 얄밉기도 하거니와
더러는 편리하기도 한 것임을
밤차를 타고 가면서 알았습니다.
눈물이 눈물을 포개고
흘러내린다는 것도
밤차를 타고 가면서 알았습니다.

자정부터 네 시간 동안
서울에서 김천까지 눈물이 눈물을 포개며
흘리는 것을 주체할 수 없어
눈물로 세수를 하고
고향 마을에 들어서서
눈물로 부모님께 차마 입에 담을 수 없는 일을
말하려고 했을 때
이 세상 그 누구도 그런 일은
있어서는 아니됨도
밤차를 탔기 때문에 알았습니다.

손아래 동생이 ROTC 중위로 예편하고

취직을 못해 고민 고민하다가

파라치온 제초제 한 병을

형의 집 대문 간에서 마시고

빈방으로 들어가 신음소리 내며

죽어가고 있는데도

형수는 거들떠보지도 않다가

뒤늦게 동네 의원에 입원시켰다는 연락받고

수업하다가 달려가서

세브란스 병원에 입원시키려고

택시에 태워 달려 가는데

시커멓게 살색이 죽어가고 있었다.

입원시키고 인공호흡기 꽂자

살색이 되살아나긴 했으나

소생할 가망 전혀 없어

살아 있을 때 자식 얼굴 한번 보라고

부모님께 알리려고

밤차를 타고 가면서 알았습니다.

부모님께 전후 사태를 말하는데
눈물이 앞을 가려 말을 멈추게 했으나
아버지는 한 마디 말씀 없으시고
어머니는 눈물 하나 보이지 않으시고
듣고만 계셔서 얼마나 야속했던지.
아빠 되고 아이 아파 입원을 시켜서야
부모님 속 얼마나 새카맣게 탔는지
알 수 있었던 것도
밤차를 탔기 때문에 알 수 있었습니다.

60년대 말 베트남 전쟁에 참가해
눈앞에서 죽어간 전우보다도
동기간의 죽음이 어떠한 지는
10여 년이 지난 뒤에까지도
술을 마시고 귀가하는 밤이면
방바닥을 치면서 대성통곡을 해.
영문도 모르는 두 아이 따라 울다가
아빠 손 망가져 피 난다고

이불과 요 있는 대로 꺼내어
방바닥에 깔아놓던 어린 아이 마음이
얼마나 착한 것인지도
밤차를 탔기 때문에 알 수 있었습니다.

이 모두는 한 사람이 살아가는
인생의 한 과정임도
밤차를 탔기에 알 수 있었습니다.

우스개 소리

어릴 적 겨울이면 나가 놀다가
집에 들어오면
씻지도 않은 채 저녁 먹고 잠을 잤다.
그랬으니 손은 터져 피가 솟았다.
갓 시집온 큰 형수
시동생의 터져 피가 찔금찔금 솟는
손을 보다 못해
물을 데워 때를 씻는데
얼마나 따가웠으면
나도 모르게 '이 씨팔!' 하면서
손 씻지 않는다고 땡깡 부려
얼굴 붉히게 했으니.
형수는 얼마나 무인했으면
환갑 지난 나이에도
흉을 보듯 우스개 소리로
과거를 들먹이곤 한답니다.

따따봉

임박스럽다

오른쪽으로 좀 치우친 듯,
왼쪽으로는 좀 기운 듯
그것은 판단의 잘못이었다.

여름내 작렬하는 햇볕에
온몸으로 부딪쳐
늦가을에 결실 거둔
벼 이삭만한 무게 달고
땅뺏기를 하고 있으니.

뺏은 땅에다 금 쭉 긋고
돌아앉기가 무섭게
바람이 쓸고 지나간다.
빌어먹을 놈현스럽다의 바람에 이어
임박스럽다*는 회오리가.

* 전 대통령 노무현의 언행에서 놈현스럽다는 신조어가 생겨났
  듯이 대통령 이명박을 두고 놈현스럽다와 같은 조어의 뜻으로.

어른이 없다

백주 대낮 4차선 대로변에서
집단폭행을 당해도
지나던 어른들 모른 체하고,
아파트 경비실 앞에서
집단구타를 당해도
지나던 어른들 딴전 피우고,
지구대에서 50m 거리에서
청소년들 패싸움 벌어져도
지나던 어른들 실실 피해 가고.
한 세대 전만 해도 기세등등했었는데
누가 이렇게 만들었을까?
허울 좋은 국민의 정부 김대중 정권,
인터넷이 탄생시킨 노무현 정권,
친북 좌파, 386세대 코드들이
민족의 정체성을 송두리째 무너뜨린
후유증 때문이 아닌가 싶으이.

입신(入神)

요즘 들어 먹는 것 때문에 또 풍비박산

그 어느 때보다도 내 생명 중하듯이

남의 생명 소중함을 깨닫고

촛불 시위 가담했을까.

그 중 압권은 미국산쇠고기수입협상.

AI 고병원성이 천재라면

협상의 본색이 하나하나 드러날수록

그야말로 인재 중의 인재

온 나라가 가마솥에 도가니탕 끓듯

펄펄 끓고 있는데

책임지는 사람 하나 없고

그 많은 재산 죽을 때 다 가져가려는지

장관이나 비서관에 목을 매고 앉아

네 탓이라고 공방이나 하고 있으니

한심의 극치 아니겠어.

그런 인간을 장관이나 비서관으로 임명한

이명박 정부의 인사는 과연 입신(入神)의 경지.

따따봉

대한민국에 태어나 산다는 것은
억울해도 너무 억울해.
수입업자들은 천국, 국민들은 따, 따따봉.
가구별 종부세는 수소폭탄세
휘발유, 중유는 또 어떻고.
스타벅스 커피, 버드와이즈,
골프 그린피, 캔 맥주, 화장품, 주스 등
한국을 100으로 기준하면
G7보다 43.9~73.2%나 비싸다니
비싸도 이렇게 비쌀 수야.
G7만큼 잘 사는 것도 아닌데.
수출업자는 소비자를 봉으로,
정부는 국민을 세금의 봉으로 삼아
있는 사람 피 빨아먹는 나라.
대한민국에 태어나 산다는 게
이렇게 억울하고 분통 터질 수야.
모두가 정치 부재, 무능 정치의 소산.
불쌍키는 불쌍타, 국민 된 것이.

뿔나다

경제성장률 떨어질까 노심초사
환율방치 이명박 정부
모든 나라 달라 가치 떨어지고 있는데
대한민국만이 환율 급상승이라니.
이명박 정부 출범 이후
여섯 달이 되기도 전에
930원 대가 1300원 대로 치솟아
환차손에 뿔난 중소기업들
금융권 대책 요구에
장관 자리 목멘 강만수는
등짐지고 뒷북이나 치고
하루가 다르게 급격한 환율 상승
수출증가 눈 독 들이느라
수수방관 내 몰라라 하니
공허한 747에 혈안 되면 뭣해.
뒤로 걷는 경제성장률,
속 빈 정책이 실용주의 아니겠느냐고.

놈현스럽다처럼

그립고 안타까운 추억이야
언제 어느 때고
가슴에서 꺼집어내어
씹고 곱씹어도
흐뭇한 미소 짓기 마련이지만,
뼈를 깎고 깎는 기억은
마음에 빗장을 걸어서라도
꽁꽁 묶어둔 채
두고두고 아파할 일이다.
아파하고 아파해도 남은 기억이
눈물샘 파고들어
눈물을 질금질금 짜게 하거나
감정의 현을 퉁기는 주재자로
군림하게 되면
피 한 방울 나지 않게
놈현스럽다처럼 대못을 박을 일이다.

취임 100일

2008. 6. 3자 조선만평이
왜 그렇게 통쾌 상쾌 만쾌한 지.
취임 전 2008. 1. 18일,
공단 진입로 전붓대 2개 뽑고
취임 후 2008. 3. 31일,
초등생납치미수사건
일산경찰서 불시방문 이외에는
뿌러지게 한 일 없어.
대통령 취임식 이른 아침에
국립현충현 방문해서
국민 섬긴다고 서명까지 했는데
아무리 생각해도 한 일이라곤
국민 분통 터지게 한 일밖에 더 있어.
이명박 후보 믿고 찍은 보수들
입이 백 개, 천 개라도
입술 꿰맨 벙어리 되라는 게지.

가시방석

말 많은 사람 믿을 것이 없다는 속담이 있듯이.
이미 예고된 대규모 정전사태를 두고
뒤늦게 이명박 정부 대국민사과담화는
미래며 대책 하나 들어 있지도 않는데
진정성을 얼마나 믿어야 될지.
정전에는 예고된 정전과
예상치도 못한 정전이 있듯이
예고된 정전은 사전 대비라도 할 수 있으나
불시 정전은 사후 수습책밖에 더 있어.
압도적 차이로 당선되어 자기도취한 탓일까.
절대 지지자로 찍은 사람들보다는
대안 없어 찍은 사람
도토리 키 재기에 울며 겨자 먹기로 찍은 사람
정동영보다는 낫겠지 해서 찍은 사람
찍을 사람 없어 찍은 사람
그런 사람들 한 방에 지지 철회하고
적으로 돌아서는 것이 민심임을 알았어야지.
거 봐라, 이게 아닌데, 잘해 봐라

등 돌아선 민심 되돌릴 수 있을라나.
겉으로 고개 숙여 사과하기야 쉽지.
BBK 이미지 씻지 못해 지금도
반신반의하는 사람들 오죽 많아.
이놈이 그놈이고,
이놈이 하나, 저놈이 하나 그게 그거라고
정치권에 등 돌리는 국민인데
젊어 벼락 출세한 CEO의 오만과 편견은
이미 예정된 수순 아니겠느냐고.
뭘 기대하거나 바란다는 게 욕심일까 싶어.
발전소는 수리불능상태로 고장 났으며
대규모 정전사태는 어둠을 몰고 와
그 틈에 유언비어 어둠 먹고 살만 통통 쪄
촛불시위 초등생들 괴기한 얼굴 확대시켜.
소수 의견 묵살하고 과감하게 밀고 나가야지.
이러다 이명박 정부 한 방에 가는 건 아닌지.
대한민국 국민의 한 사람으로서
가시방석에 앉은 것 같아 전전긍긍이네.

공(功)

미국산 쇠고기 수입협상파동은
노사모와 좌파 매체의 예고된 폭력 잔치상.
촛불시위에 10대들 몰려나오자
물 만난 고기떼 되어 영웅으로 부각시키니.
386 부모 밑에서 모 아니면 도만 알고 자라면서
몰지각적인 사회비판만 학습한
10대를 영웅으로 만들어.
정권을 흔드는 일이라면
밥숟가락을 들다가도 벌떡 일어나
밖으로 뛰쳐나오는 좌파들,
죽어가던 고기가 가물에 물을 만난 게지.
10대는 10대, 더 배우고 보다 많이 생각하고
경험해야 할 세대임을 알면서도
촛불시위 나가라고 선동하는 좌파들,
저 중공의 60년대씩 문화혁명 때
홍위병 되는 것이 자식 키운 보람인지.
하기사 촛불시위에 아기를 안고 업고 나오거나

초등학생을 강제로 끌고 온 부모마저 있으니
이는 영락없는 아동학대.
익산과 대구의 지속적인 초등학생 성폭행 뒤엔
어른들의 추악한 음모가 숨겨져 있었다고
한 기사를 보면,
촛불시위보다 더 무시무시한 악의 구조가
또아리를 틀고 있었다니.
시위를 하려면 그곳으로 가서 해야지
엉뚱한 곳에서 하고 있으니
그런 세력들 기고만장할수록 국민들만 피곤해.
저 을지문덕 장군이
수나라 장수 우중문에게 보낸 '여수장우중문시'에
'전승의 공 이미 높으니
그만두겠기 바라노라' *란
병 주고 약 준 지혜 터득 좀 했으면.

* 戰勝功旣高 知足願言止

이름 붙이기

광주광역시와 전라남도는 뒤질세라
이름 붙이기 100m 경주를 해.
광주광역시 전시컨벤션 센터가
김대중컨벤션센터로 바꾸면서
시설물에 김대중 이름 붙이기 시합을 해.
도청 앞 8차선 도로를 후광로로.
청사내 대강당도 김대중강당.
광주에 뒤질세라 전라남도도
목포지방해양수산청도로를 후광로로.

외국에도 유명 정치인 기려
케네디국제공항이니, 드골 국제공항이니
하는 것이 없지 않으나
그가 그런 인물 발바닥이나 닦을라나.
저들의 김대중 이름 붙이기는 동기부터 달라.
원래는 무안국제공항도
김대중국제공항으로 명명했다가

주민들의 반대로 취소되었는데도
새로 건설된 목포-압해 연륙교 준공 앞두고
김대중대교로 명명하려다가
주민들의 반대에 또 부딪쳤다 칸다.
이는 시대착오적인 야합이 빚은
결과 아니겠느냐고.

광주광역시 시장과 전라남도 도지사가
인기상승과 차기 선거를 의식해
그런 짓거리로 생색내기를 하려 들다니.
엎으나 재기나 그 인간에 그 인간.
그런 사람 재선된다면
김대중, 노무현이 호남 1시 2도
96.7~91.8% 이상 몰표로 대통령에 당선되었듯이
1명 입후보, 100% 투표, 99% 찬성인
북한 인민선거마저 뽕 나가떨어지겠지.

동승 순방

이명박 대통령 중앙아시아 순방길에
진보 성향 소설가 황석영을 초청해
순방길에 올랐다는 기사 보고
절대 지지자로서 배신감에 치를 떨었지.
좌파 정권 잃어버린 10년 세월
핍박 받은 우파 성향 오죽 많아.
그 중 소설가 이문열은
좌파들에게 책 화형식까지 치르는 치욕까지 당했는데
대통령이 인물 같으면 이문열부터 만났어야지.
사비로 유람 가는 것도 아닌데
황석영과 친분 내세워
나랏돈 순방길에 그를 동승시켰다면
좌타 정권 거들내자고
고생 고생해서 대통령 만들었는데
배신감밖에 더 들겠어,
이 땅에 어디 황석영뿐이겠어.
표 한 표 찍지 않은 사람에게
벼슬 한 자리씩 준 것 어디 한 둘이겠어.

등단부터 소외된 사람, 노동판의 떠돌이들
소설의 주인공 삼거나
반골들 주인공으로 등장시켜
가진 세력 폄사 일삼더니- 소설 장길산
그 버릇 개 못 주고
좌파 정권 대우 받아 능이 났는지
북한 가 김일성 만세 부르며
북한은 살 만하다고 아부했다가
감옥까지 갔다 온 것을
무슨 투사가 된 양 대접받다가
정권 바뀌니 줄타기 도사로 변신을 해.
그 꼴 본 뜻있는 인사
좌파 선동 촛불 시위보다 더 뜨거운 거동
우파에게 볼 지도 모르는데.
몰라도 너무 몰라, 허허 퉤에 퉤.

누가 mb를 죽이는가

친북 좌파 무너뜨리자고 외친 지 10년 세월,

애국 보수 국민들이 결집해

어떻게 출범시킨 이명박 정부인데.

나 또한 국립대학교 교수 신분 위협 느껴가며

강단에서, 강연회에서, 사석에서

좌파 정권, 나라 거덜 낸다고 역설했는데.

최측근들이 들어 대통령 만든 1등 공신이라고

요직이란 요직은 다 차지하고 앉아

이명박 죽이기 작태만 하고 있으니

석 달도 못 가 나라가 이 지경 되었지.

이명박 정부가 언행의 즉흥성, 행동의 경박성으로

보수층, 불교계를 등 돌리게 했으니

그 물에 그 물 아닌가 싶으이.

굴러온 돌 박힌 돌 빼버리고 탄생했으면

민심부터 읽었어야지.

민심을 개살구 취급한 이명박 정부의

정치 부재 죽 쑤기는 철학 부재, 인문 소양 결핍,

실용적인 기회주의자의 짓 아니겠느냐고.

한승수 총리 지명은 인사 잘못의 정점.
5공 시절에 공 세워 훈장 받았을 때는
출세가도 하늘 치솟았을 텐데
청문회 때 반납할 용의 없느냐고
야당의 비아냥거림 한 마디에 총리 인준 날아갈까
즉각 반납하는 편의주의자를 실용주의자라고
억지춘향으로 엮어낸 요지경 인사.
이명박 정부의 CEO식 요직 인사가
어디 한승수뿐이겠느냐고.
고소영 강부자란 말 그냥 생겼겠어.
해서 민심이 돌아선 게지.
돌아선 것은 쉽게 돌아오지 않는 것이
민심의 철칙임을 알았어야지.
억, 억 하다 목이 센 비서관과 장관들
아예 민심과 성벽이라도 쌓은 듯
한 여름날에 비닐하우스에 틀어박혀
세월아 네월아 하면서 떵떵거리며

허송 세월 보내지 말고 정신 좀 차리소.
놈현스럽다의 주인공 노무현 탄핵 때
온갖 수단 다 동원해서
탄핵의 부당성 3, 400% 과장해 호도한
깡판때기 깔고 엉버티는 KBS 사장 정연주 하나
좌파 눈치 보느라고 처리 못해
지금도 당하고 있으며
노무현의 가진 놈들 요씨 두고 봐라,
혀 깨물고 대못질해서 제정한 보복세며
사회주의 착취세인 종부세 하나
개선하지 못하고 답습하고 있는
무능 무책의 극치를 연출하고 있으니.
이런 이명박 정부에게 기대하는 자체가
병신 되는 지름길 아니겠느냐고.
내일이라도 당장 김정일 치고 내려온대도
색시처럼 수줍은 미소 짓고
탤랜트처럼 예쁜 표정 지을 실용주의자들.
광우병 괴담, 삼성 사태, 투기의혹 내 몰라라

하고 국민 무시하고 짓밟기는

유례를 찾아볼 수 없는 자칭 이명박 최측근들,

대통령 그만 죽이고 물러 나이소.

벌써부터 민심은 정치라면 혀를 내두르고

뱃속 똥물까지 토해내는 게지.

이를 본 대한민국 좌파 세력과 노사모는

때는 이때다 하고 기세등등 세 결집,

10년 정권 새로이 출범시키려고 시도하니

그게 무임승차 땅 따먹은

이명박 정부의 무능이 빚은 결과 아니겠냐고.

구관이 명관이라는 말 나오기 전에

박근혜, 정몽준을 능가하는

우파 혁신세력 하루 빨리 나타나서

대한민국 미래 좀 밝혔으면……

성패

테니스를 칠 때 온몸의 힘을 쏟아
강 스매싱해 성공하면
짜릿한 쾌감에 젖기야 하겠지.
그러나 때로는 스매싱이 너무 세서
역습을 당할 때도 있음을 알아야지.
세상사 모든 일 다 그래.
미국 산 광우병 논란에
엉뚱하게도 한우가 타격을 받듯이
쇠고기 수입 재협상은
치명적인 역풍을 맞을 수도 있어.
한때 중국의 마늘 수입이 농민 죽인다고
과도한 관세 물렸다가
치욕적으로 굴복한 사례가 있듯이.
먹을거리 안전성은 포기할 수 없으나
고단수 협상은 상대방이 있는 게임,
스스로의 약점부터 알고
상대방 반응을 헤아려 대처하는
신중함이 협상의 성패를 가름해.

Home Coming Day에 부쳐

오늘은 무슨 날인가 여겼더니
더 없이 뜻 깊은 날이래지.
30년 전 졸업생들
모교 찾아 학창시절 회고하며
쌓인 정 나누는 날.
제가가 스승께 큰절 올리고
모교의 무궁 발전 기원하나니,
이보다 아름답고 바람직한
이벤트는 없으리.
사자후 기치 아래
우리 중동은 100년의 전통을 쌓았고,
앞으로 또 100년 미래를 창조할
초석인 Home coming day
이제 지명의 나이가 된 그대들이여
가정의 행복과 평안,
하는 사업마다 무궁 발전 있어라!

아, 모정(母情)

– 오페라 혹은 뮤지컬

아, 모정(母情)

― 오페라 혹은 뮤지컬

1막 1장

2막 1장

　　2장

　　3장

3막 1장

4막 1장

시대　― 통일 신라, 35대 경덕왕 시대.

무대　― 주 무대는 분황사 약사여래전 북벽 십일면 관음보살상 앞 일대

등장인물― 희명, 눈먼 아이, 손순, 손순의 처, 솔거, 진흥왕, 이희, 신하와 시녀들, 범패합창단, 승무무용단.

범패합창단이 주연급의 노래를 도와주며 이따금 승무무용단이 춤을 춰 객석의 분위기를 휘어잡는다.

1막 1장

　무대　－뜰이 있는 초가삼간 여염집, 뒤로 산이 보
인다.
　등장인물－노모, 손순, 처, 아이, 신도들.

　－막이 오르면서 범패합창단과 승무무용단이 등장
해 한바탕 노래하고 춤춘다.
　범패　－분황사 천수대비상 앞에서 한 아낙이
　　　　　다섯 살 아이에게 무릎을 꿇리고
　　　　　기도를 하네.
　　　　　그네의 기도는 유별나다고 할까.
　　　　　흔히 눈을 뜨게 해 달라고
　　　　　기도하는 것이 상례였으나
　　　　　노래까지 지어 부르면서 기도하네.
　　　　　그네의 간절한 기도는
　　　　　하루가 지나고 이틀이 흘러갔으나
　　　　　조금도 흐트러짐이 없네.
　　　　　그네는 착하고 순박한 아낙,
　　　　　한기리란 마을에 사는 희명.
　　　　　그네는 고생 끝에 아들을 얻었으나
　　　　　아이가 다섯 살이 나던 어느 날
　　　　　총기를 가진 눈이 갑자기 멀어 버렸으니

기절초풍하고도 남을 일이네.
그네는 아이의 시력을 찾아주기 위해
전국 방방곡곡을 찾아다니면서
용타는 부처님께 기도했으나
아이의 눈을 찾아줄 수 없었네.
해서 마지막으로 분황사 천수관음상을 찾아
기도하기 사흘째 새벽이 밝아 올 무렵,
우연히 고개를 들어 여명을 바라보았네.
그랬는데 여명의 하늘에는
생시와 다름없는 남편의 얼굴이 떠 있지
않는가.
— 범패합창단의 노래가 끝나면서 손순이 등장한다.
손순　— 내 후세의 효도를 이생에서 실천하다가
후생 하나를 두고 세상을 하직했지.
집안이 가난해 아내와 품팔이를 하면서
늙은 어미를 봉양했으나
흉년이 든 해라 품을 팔 수 없어
식솔 셋은 굶어죽게 되었지.
하다못해 장딴지 살을 베어
늙은 어미의 허기를 덜어주곤 했네.
그런 탓인지 모르겠으나
마흔 넘은 아내에게 태기가 들어섰네.
아이가 태어난 지 이태째

근래에 보기 드문 흉년이 또 들었네.
쥐꼬리만한 양식을 구걸해 와
늙은 어머님을 공양하면
어머니께서는 손자에게 밥을 나눠줘
당신의 배고픔을 면할 수 없었네.
　(비통함을 감추고) 아이는 다시 낳을 수 있으나 효도
는 언제나 할 수 있는 것이 아니잖소. 어머님은 아이에
게 음식을 나눠주니, 늘 허기를 면할 길이 없소. 해서
아이를 내다버림만 못하오.
　희명　－(가슴이 메어지는 듯해서) 어머님의 공복
이 아이 탓이라면 갖다 버려야지요.
　손순　－어린 아이는 들쳐 업고 연장을 챙겨
　　　　　모량리 서쪽 취산으로 들어가
　　　　　양지바른 곳을 골라 땅을 팠네.
　　　　　땀을 뻘뻘 흘리며 땅을 파는데
　　　　　괭이에 부딪쳐 이상한 소리가 나지 않겠어
　　　　　해서 조심스럽게 땅을 파다가
　　　　　관음보살상이 조각된 석종을 발굴했지.
　　　　　발굴한 석종을 나무에 걸어두고
　　　　　소리가 나는지 어떤지
　　　　　시험 삼아 두드려 보았지.
　　　　　그랬더니 돌에서 나는 소리라곤
　　　　　믿기지 않은 소리를 쏟아내는 게 아닌가.

애틋하고 한이 맺힌 듯한 소리,
은은하고 애처로운 소리를.
신심이 부족한 사람에게도 믿음을 갖게
하는 소리가 산속의 고요를 흔들었지.

희명   ─석종을 얻게 된 것은 아이 때문입니다.
그러니 아이를 땅에 파묻지 마셔요.
도롤 데리고 돌아갑시다.

손순   ─나도 임자와 같은 생각을 했는데
당신까지 그런 생각을 했다니,
그렇게 합시다. 데리고 갑시다.

희명   ─지아비가 석종을 지게에 지고 돌아와
대들보에 달아놓자
분황사 예불시간에 맞춰 두드리면
석종은 분황사 범종보다도 더한
은은한 소리를 쏟아놓곤 했네.
그러자 절을 찾아가던
신도들이 종소리를 듣고 찾아와
석종 앞에 시주를 놓고 돌아가곤 했네.
그러면 난 놓고 간 시주를 가지고
어머님을 봉양했네.
이태나 어머님을 봉양했을까.
도적들이 떼 지어 몰려와 석종을 약탈해서
달아나 버렸네.

해서 또 어머님은 굶주리게 되었네.

남편은 보다 못해 대퇴부 살을 베어 봉양했네.

그것도 한두 번이지 어머님은 돌아가시고

어머님이 돌아가시자

남편마저 여독으로 세상을 등졌네.

이제 남은 식솔이라곤 둘.

아이마저 다섯 살이 되자

못 먹어 허약한 탓인지 돌림병에 걸렸네.

온몸에 신열이 물 끓듯 하더니

의식마저 오락가락하네.

나흘째 새벽이 되어서야 의식은 돌아왔으나.

아이   ─(애절하게) 엄마, 엄마! 엄마 어디 있이?

희명   ─니 곁에 바싹 붙어 있지 않니?

아이   ─어디, 어디? 바로 곁에 있다는 엄마가 보이
지 않아.

희명   ─에미가 보이지 않는다고?

아이   ─그래요, 엄마.

희명   ─(피를 토하듯 처절하게) 이를 어째? 이를
어떻게 해?

2막 1장

무대   ─신라의 대궐. 왕이 정무를 주관하는 탑전

주변

　등장인물－ 진흥왕, 이희, 솔거, 신하, 대신, 시녀들.

　시녀들－ 어린 나이로 제위에 오른 왕에게는
　　　　　사랑하는 여인이 있었네.
　　　　　여인은 방방곡곡을 돌아다니며 찾아낸다
　　　　　고 해도
　　　　　찾을 수 없는 미모의 소유자.
　　　　　아니, 백제나 고구려 땅을 뒤진다고 해도
　　　　　그녀만한 미녀는 찾을 수 없을 것이네.
　　　　　진흥왕은 이희(伊熙)를 곁에 두고
　　　　　사랑하는 것만으로 부족해서
　　　　　그림으로 그려 소장하려고 했네.
　왕　　　－고금 미녀도를 보아도 이희 만한 미녀는
보지를 못했어. 짐이 화공에게 부탁해 그림으로 남길
게야.
　이희　　－그렇게 하지 않으셔도 감축하고 있습니다.
　왕　　　－감축이라니, 겸손이 지나친 게지. 짐은 이
희 때문에 이렇게 젊음을 구가하고 있는데 오히려 고
마워해야지.
　이희　　－마마, 신첩은 몸 둘 바를 모르겠습니다.
　왕　　　－가까이 오라. 잠시도 떨어지기 싫도다.
　이희　　－(왕의 무릎에 앉아 교태를 떨며) 마마…

왕　　－(흐뭇한 미소까지 지으며) 이렇게 사랑스
러울 수가.

화가들을 소집하는 포고령을 내려라.

방방곡곡에 방을 붙여라.

방을 붙이고 열흘이 가고

보름이 지나서야 화가들이,

그것도 별 볼 일 없는 화가들만이 모여들다니.

그래 모여든 것까지는 좋았으나

이희를 보는 순간

미모에 넋이 나가 도망치듯 달아나다니.

어째서 이희를 그리겠다는 화가는

좀체 나타나지 않는고?

에이, 한심한 화가들인지고.

(초조하다 못해 수심이 얼굴에 가득한 채) 서라벌 천
지에 미녀 하나 그릴 화가 하나 없단 말인고?

시신들－(송구스러워 고개를 들지 못해 하며) 저희
들이 부덕한 소치입니다. 마마, 벌을 내려주옵소서.

왕　　－답답한지고. 화쟁이 하나 찾지 못하다니…

－황혼이 찾아들 무렵, 누더기 옷을 걸친 탓인지 볼
품이라곤 없는 늙은이 하나가 대궐문에 나타나 왕의
알현을 청했으나 누구 하나 거들떠보지 않는다.

대신　－(뒤늦게 퇴궐하다가) 보아 하니 거지는 아
닌 것 같고. 그래, 어인 일로 서성이오?

솔거 ─ 미녀의 그림을 그린다는 소문이 돌기에 제
가 그려볼까 해서 주제넘게 찾아왔습니다.

대신 ─ 왕을 알현하기에 앞서 성함부터 들어 봅시다.

솔거 ─ 솔거라는 화쟁이입니다.

대신 ─ 솔거? 단속사의 유마거사상을 그렸다는 솔
거라는 화쟁이? 그대가 미녀의 그림을 그릴 수 있겠소?

솔거 ─ 미력하나마 그려보고 싶습니다.

대신 ─ 빈말은 아니렷다?

솔거 ─ 감히 어느 안전이라고 거짓으로 아뢰리까.

대신 ─ (솔거를 탑전으로 데려가 왕에게 알현시키
며) 마마, 솔거라는 화쟁이가 그림을 그리겠다고 합니다.

왕   ─ 그래. (몰골을 보고 못마땅한 시선을 보내
며) 그런 몰골로 미녀를 그리겠다고?

솔거 ─ (왕의 수모를 묵묵히 참고 견디면서) 그림
과 몰골과는 상관이 없는 일로 압니다, 마마.

왕   ─ 어쨌든 좋다. 결코 거짓이 아닐 터?

솔거 ─ 있는 재주를 다해 그리겠습니다.

왕   ─ 내 노라 하는 화가들도 포기하고 돌아갔는
데, 그대가 정녕 미녀를 그리겠다는 겐가, 신라 제일의
미녀를?

솔거 ─ 평생 닦은 재주로 최선을 다하겠습니다.

왕   ─ 좋소. 내일부터 그림을 그리도록 하시오.
만약 그림을 그리지 못할 때는 짐이 그대의 목을 대신

갖겠소.

    솔거   - 열흘 안에 그리지 못하면 그렇게 하시지요.
    왕   - 좋도다. 그리도록 하라.
    솔거   - (자신감에 넘친 소리로) 네, 마마.

2막 2장

    무대   - 별궁으로 이희가 거처하는 처소, 화려하면
서 깔끔하기 이를 데 없는 방.
    등장인물 - 왕, 이희, 솔거, 대신, 신하, 시녀들.

    시녀들 - 구중심처, 이희만이 거처하는 별궁은
              외부인의 출입을 엄격히 통제했네.
              솔거는 안내를 받아 이희의 방으로 들어섰네.
              방은 봉황을 수놓은 병풍이며
              사향을 태운 내음이 진동하는 황홀경의 세계.
              방 가운데는 늘 깔아 둔 비단 보료는
              너무너무 화려해 눈이 멀 지경인데
              이 세상 여인이라곤 믿기지 않는
              이희가 비단옷으로 한껏 성장한 채
              보료에 기대어 앉아 있지 않는가.
              솔거는 그만 넋을 잃고 주저앉고 말았네.
              이를 누구 하나 눈여겨보지 않았으나

이희만이 놓치지 않네.

이희 　－그래, 그대가 절 그리려고 온 화가이서요?

솔거 　－네, 마마. 그러합니다.

이희 　－좋아요. 어떤 태도를 해야 하나요?

솔거 　－편안한 자세면 됩니다.

이희 　－(솔거를 눈여겨보다가) 다른 화쟁이는 이런 태도를 지어라, 저런 자세를 지어달라고 주문도 많았었는데 그대는 요구하는 것이 없으니 좀 좋아요.

시녀들－왕은 이희 옆에 다가가 앉고
　　　　신하들은 빙 둘러섰네.
　　　　그들은 그림을 그리는 솔거보다는
　　　　이희의 미모에 넋을 잃고
　　　　멍청히 서 있네.
　　　　솔거의 심미안은 나이까지 꿰뚫었네.
　　　　나이는 열아홉쯤 되었을까.
　　　　세상에 극히 보기 드문 미녀는
　　　　흠 잡을 데 없이 아름다웠으나
　　　　내면의 아름다움이 우아함을 더했네.
　　　　솔소리마저 담을 것 같은 귓바퀴,
　　　　정열이 모여든 듯한 은은한 미소,
　　　　유원한 하늘을 우러르는 듯한 눈,
　　　　온몸에서 내뿜는 보이지 않는
　　　　매력은 생기와 발랄함까지 넘치네.

긴 목이며 보일 듯 말 듯한 가슴,
수양버들 같은 가는 허리,
굴곡진 둔부며 윤기 넘치는 각선미,
머리에서 발끝까지 내뿜는 매력은
항아마저 시샘하고 남음이 있네.

솔거   ― 세상에 하나밖에 없는 미녀를 두고
하루, 이틀, 나흘에 걸쳐
미녀만이 가진 개성을 탐색했지.
둘러서서 지켜보는 사람들은
그림을 그리기는커녕
탐색만 하는 것을 두고 보다 못해
이상한 눈길을 주네.
그런 눈길은 이틀이 지나면서 백안시했고
사흘째는 드러내놓고 비난했네.
사람들의 비난이 절정에 이르고
심지어 왕마저 솔거를 의심했으며
말이 없던 이희마저
솜씨를 의심하기 시작해서야
미녀의 개성을 살릴 구도를 끝냈지.

왕   ―(보다 못해) 뭘 구상하느라고 며칠을 끌어,
끌기를. 짐이 또 속는 것은 아닌지.

이희   ― 절 그리기 위해 나흘이나 생각을 해야 되
나요? 내 미모만 탐하는 것은 아니겠지요?

솔거　－(주위의 예상을 깨고) 마마, 내일부터 그림
을 그리도록 하겠습니다.

이희　－좋아요. 저도 마음의 준비를 하겠어요.

솔거　－이해해 주시니 고맙습니다, 마마.

　－솔거는 정화수로 몸을 정결히 씻고 들어와 미녀
앞에 가부좌하고 앉더니 지고 다니는 자루를 풀어 화
구를 하나하나 꺼내놓는다.

솔거　－비법을 터득해 손수 조제한 물감으로

　　　　사흘 밤낮에 걸쳐 그렸지.

　　　　그림을 그릴 때는 병풍을 둘러쳐

　　　　그림을 그리는지, 무엇을 하는지

　　　　그 누구도 볼 수 없게 했지.

　　　　약속한 열흘째 되는 황혼 무렵,

　　　　그림이 완성되기에 이르러서야

　　　　둘러쳤던 병풍을 치우게 해

　　　　사람들이 그림 그리는 것을 지켜보게 했지.

　　　　거의 완성된 그림을 본 사람들은

　　　　그림 속의 미녀가 진짜 미녀인지

　　　　왕 앞에 앉아 있는 미녀가 진짜 미녀인지

　　　　구분을 못하다가

　　　　미녀를 빼닮았다고 혀를 내두르네.

왕　　　－(매우 흡족해서) 솔거는 진짜 화성이야.

신하들－마마, 그러합니다.

이희   —그림 속의 미녀가 나보다 더 예뻐 질투심
마저 생기니, 이를 어째? 이를 어떻게 해?
  솔거   —화룡점정(畵龍點睛)을 보여주기 위해
          쳐놓은 병풍을 치우게 하고
          자비로 똘똘 뭉친 미녀의 눈을 보다가
          아, 하고 감탄을 넘어
          불같은 열정이 솟지 않는가.
          해서 불같은 열정으로 눈동자를 그렸으나
          자비가 넘치는 눈을 그릴 수 없네.
          잘못 본 것이 아닌가 해서 새삼
          눈동자를 관찰하기 위해
          미녀에게 다가가다가
          그만 미녀의 체취에 취해
          몸의 균형을 잃었을 뿐만 아니라
          정열을 쏟아놓은 듯한 눈동자가
          30년 금욕을 여지없이 깨뜨렸네.
          게다가 붓을 떨어뜨려 먹물이 튀면서
          미녀의 배꼽 밑에
          사마귀만한 점까지 생겼으니.
          당황해 하다가 떨어진 붓을 들고
          점을 지우려 했으나 좀체 지워지지 않아
          날 때부터 점이 있나 보다 여기고
          점 지우기를 포기하고 그림을 완성했네.

왕　　　－(매우 흡족해서) 장한지고. 이렇게 속 빼닮
게 그리다니. 짐이 후한 상을 내리겠노라. 그리고 관직
까지 하사하고 궁에 머물게 하리라.

2막 3장

무대　　－대궐 내원 뜰 한 가운데.
등장인물－ 왕, 이희, 솔거, 집사령, 대신, 신하, 시녀들.

　　　－그림을 완성한 지 반나절도 못 가 대궐 안은 벌집
을 쑤셔놓은 듯 발칵 뒤집힌다. 왕은 미녀도를 감상하
며 찬탄을 마지않다가 배꼽 밑의 점을 본 순간, 노발대
발한다.
　　솔거는 칙사 대접에서 죄인으로 끌려나온다.
　　왕　　－ 이놈, 배꼽 밑의 점은 어이 알고 그렸는고?
　　솔거　－ 마마, 제가 점을 그리다니요? 붓이 떨어져
절로 점을 남겼을 뿐입니다.
　　왕　　－ 저런 고얀. 어느 안전이라고 거짓을 고할꼬?
　　솔거　－ 사실이 그런데 어찌 거짓을 아뢰오리까.
　　왕　　－ 실물과 빼닮았는데도 능청스럽게 거짓말
을 하다니!
　　솔거　－ 마마께서 직접 지켜보지 않으셨습니까?
　　왕　　－(화가 나 길길이 뛰며) 네 놈이 직접 보지

않았다면 배꼽 밑의 점은 어떻게 실물과 그렇게 똑같게 그릴 수 있는고? 네놈이 이희의 나체를 보지 않고서야 배꼽 밑의 사마귀는 그릴 수도 없을 터. 그런데도 변명을 늘어놓아! 저놈을 당장 하옥시키렷다. 친국해 실토를 받으리라.

신하들 − …!?

시녀들 − 솔거는 미녀를 그린 것밖에 없는데도
　　　　 속절없이 옥에 갇혔네.
　　　　 하루가 지나고 이틀이 흘러갔으나.
　　　　 그 동안 친국은 없었네.
　　　　 아흐레도 지나 열흘째 아침나절
　　　　 마침내 탑전 뜰에 형틀이 갖춰졌네.

왕 　　　 − (솔거의 초라한 몰골을 보고도 노여움을 풀지 않은 채) 네 이놈, 실토를 하렷다, 지금 당장에.

솔거 　　 − ……

왕 　　　 − 왜 말이 없는고? (추상 같이) 집사령, 사정을 두지 말고 매우 쳐라. 실토를 할 때까지 쳐.

집사령 − (곤장으로 치면서) 하나요, 둘이요, 셋이요.

솔거 　　 − 으흑(열을 세기도 전에 정신을 잃는다).

시중 　　 − (보다 못해 왕에게) 저 화공은 마음이 곧고 바릅니다. 거짓으로 아뢸 까닭이 있겠습니까. 저희 소신들도 직접 지켜보지 않았습니까. 먹물이 튀어 생긴 점입니다. 늙은 주제에 딴 마음을 먹었을 리 없습니다.

신하들 ─ (일제히) 관용을 보이소서.

왕　　　─ (손을 들어 태형을 중지시키고) 마음이 정히 곧다면 짐이 지난 밤 꿈에 본 형상을 그릴 수 있을 터. 형상을 그리게 해서 꿈의 형상과 일치한다면 짐이 용서하려니와 한 치의 오차라도 생기면 죽음을 면치 못하리라. 꿈의 형상을 그리겠는고, 아니면 곤장을 맞고 죽겠는고?

솔거　　─ (고개를 떨어뜨린 채 말이 없다) ……

왕　　　─ 어서 대답하렷다!

솔거　　─ (이윽고) 그림을 그리는 것은 죽음이 두려워서가 아닙니다. 화공이기 때문임을 알아주셨으면 합니다.

왕　　　─ 화구 일체를 갖다 줘라.

시녀들 ─ 만면에 미소를 머금은,

　　　　　두 손은 만백성을 제도하는

　　　　　대자대비한 보살상을 그리네.

　　　　　주위는 한없이 고요한데도

　　　　　숨소리조차 들리지 않네.

　　　　　신필이 움직이는 소리만이 들리네.

　　　　　하루가 되기 전에 완성했네.

　　　　　관음보살상을 본 사람들의 입에서는

　　　　　소리 없는 감탄이 절로 솟네.

시신 1 ─ 정말 신필입니다그려. 신필이 아니고는 보

지도 못한 관음보살상은 그릴 수도 없었을 것입니다.

시신 2 – 관음보살이 재림한 것만 같습니다.

시신 3 – 대자대비한 관음보살상, 아니 살아있는 관음보살이 재림한 것과 다름없습니다.

– 솔거는 붓을 놓고 허리를 편다. 사람들은 관음보살이 재림은 했으나 눈 먼 보살을 보고 의아해 한다.

왕　　　– 그래, 짐이 꿈에 본 그대로를 그렸는고?

솔거　　– 마마, 그러합니다.

왕　　　– (여전히 솔거를 멸시하는 시선을 거두지 않은 채) 그렇다면 봐야지. 꿈속의 보살상을 재현시켜 놓았는지.

시중　　– (그림을 왕에게로 가져가며) 여기 있습니다.

왕　　　– (아무리 눈을 닦고 보아도 꿈에 본 보살상의 재현임에 분명하자) 그대의 관음보살상은 신이, 그것이오. 꿈속에서 본 관음상 그대로의 재현이 분명하오. 그런데……

솔거　　– 마마, 그런데라니요?

왕　　　– 두 눈은 어째서 그리지 않았소?

솔거　　– ……

– 왕은 꿈에 본 보살상과 너무나 빼닮아 심술이 솟아 솔거를 일부러 골탕 먹이려고 엉뚱한 질문을 던진다.

그런데 솔거의 대답은 침착하다. 너무나 침착해 옆에서 듣는 사람이 되레 민망할 정도이다.

솔거　－마마는 꿈속에서 관음보살상의 눈을 보셨
습니까?

왕　　－눈 같은 것은 보지 못했소.

솔거　－그럴 테지요. 해서 그리지 않았습니다.

왕　　－듣던 대로 그대의 마음은 곧소.

솔거　－……

왕　　－그대의 누명은 이제 백일하에 벗겨졌소.

솔거　－……

왕　　－부탁이 하나 있소. 들어주겠는고?

솔거　－(시큰둥해서 여전히 말이 없다)……

왕　　－짐이 통일의 기초를 다지기 위해 불교 중
흥에 심혈을 기울이고 있다는 것쯤 알고 있을 것이오.

솔거　－들어서 알고 있습니다.

왕　　－벌써부터 황룡사 사찰 안에 약사여래전을
지어놓고 장육존상까지 조소해서 안치시켜 놓았소.
장인들이 철 3만5천근과 황금 1만 푼이 들어갔소. 그
리고 목조 9층탑을 조성한 지도 오래 되었소.

솔거　－(왕의 설명에도 반기는 기색이 없다)…

왕　　－그런데 분황사 약사여래전 북벽은 비어놓
았소. 그것은 보살상을 그릴 화공을 찾지 못했기 때문
이오. 그대가 비어둔 북벽에 대자대비한 관음보살상
을 그려 주오. 종묘사직과 관련된 왕실사업이오.

솔거　－마마, 지금 소신에게 어명을 내리시는 겁

니까?

   왕   　ㅡ 어명이 아니라 부탁하는 게요.
   솔거 ㅡ 최초의 응제화(應製畵)가 될 관음보살상.
       어명이 아닌 왕의 부탁이라는 데야
       품었던 반감을 씻어 버리고
       그림을 그리러 했으나 어찌 된 영문인지
       보살상이 좀체 떠오르지 않아
       손도 댈 수가 없었네.
       달포가 흐르고 두 달, 석 달이 지났으나
       붓은 들어보지도 못했네.
       (왕에게 탄원하기를) 소인의 무딘 재주로
는 관음상을 그릴 수 없습니다. 다른 화공을 불러 그리
도록 하소서, 마마.
   왕   　ㅡ 서둘 것 없소. 시간은 얼마든지 주겠소.
   솔거 ㅡ 소인의 재주로는 그릴 수가 없습니다.
   왕   　ㅡ 천천히 그리라고 하라고 하지 않소?
   솔거 ㅡ 그릴 수가 없습니다, 마마.
   왕   　ㅡ (불같은 성미도 어쩔 수 없었던지) 그렇다
면 할 수 없지요. 소원대로 물러가도 좋소.

3막 1장

   무대 ㅡ 분황사 사찰 내 승방과 약사여래전 북벽

등장인물 ─ 솔거, 주지, 보정, 아기, 스님들, 신도들.

솔거 ─(짐을 싸들고 퇴궐했으나 갈 곳이 없어 분황사로 가 주지 스님에게) 저 솔거라는 하찮은 화쟁이입니다. 갈 곳이 없어 기거 좀 부탁드립니다.

주지 스님─(조금도 주저함이 없이) 저 유명한 화성 솔거가 아닙니까? 어서 선방으로 드시지요.

솔거 ─(합장하며) 나무관세음보살!

─솔거는 분황사에 머물며 보살상을 구상했으나 관음보살상은 안개 속의 구름. 병까지 얻어 시름시름 앓다가 끝내 몸져눕는다.

주지스님이 찾아와 걱정을 해 주었고 신도들도 쾌유를 빌었으나 병은 악화되기만 한다.

솔거 ─삼 주야나 시달리며 헛소리까지 하다니.

　　　　나흘째 되는 날은 신열이 숙졌으나

　　　　고열에 시달린 탓인지 시력까지 잃다니.

　　　　그것은 숙명인지도 모르지.

　　　　시력을 잃은 뒤에야

　　　　그렇게 애 태우던 대비상이 떠오르다니.

─솔거는 병든 몸으로 약사여래전 북벽으로 간다.

　　　　화구를 펼쳐놓고 관음상을 구상하느라

　　　　물 한 모금 입에 대는 것도 잊은 채

　　　　온종일 벽을 응시해 윤곽은 잡았으나

눈이 보이지 않아 손도 댈 수 없다니.
벽면을 응시하기 사흘째 시력이 되살아났네.
되살아난 시력으로
한 순간도 놓치지 않고 벽면을 주시했지.

범패　　－저 관음보살의 대자대비한 모습,
　　　　과거세에 있어 관음보살은
　　　　일천 손, 일천 눈으로 중생을 제도했는데
　　　　그런 일천 손, 일천 눈을
　　　　어떤 모습으로 구현해야 할까.

솔거　　－두 손 밖으로 스무 손을 배치하고
　　　　손바닥에다 스물다섯 손을 그리면
　　　　모두 합해 일천 손을 그릴 수 있지.
　　　　동일한 구도로 일 천 눈도 그리면 될 터.
　　　　일체의 중생을 제도하겠다는 소원이
　　　　이런 구상을 할 수 있게 했지.
　　　　또한 온갖 고통으로부터 해탈해 원을
　　　　성취시켜 보겠다는 일념으로 가능했지.
　　　　그런데 이 무슨 운명의 장난인지
　　　　아홉 밤 열 날에 걸쳐 천수관음상을
　　　　완성한 순간, 또 시력을 상실했으니.

　　　　－스님과 신도들이 벽화 앞에 몰려와 법고를 울리
며 범패에 곁들어 재를 올린다. 신도들도 솔거의 영혼
이 천수관음상으로 빨려 들어갔다고 믿고 기도한다.

범패 ─우연한 기회에 영험이 나타났네.
      보정(甫正)은 늙도록 자식이 없어
      천수관음상 앞에서 천일기도를 드렸네.
      그런 기도를 드린 뒤
      태기가 들어섰고 낳으니 아들이었네.
      그것만으로 천수관음상의 영험이
      세상에 알려진 것은 아니네.
      보정이 아들을 얻은 지
      석 달째 드는 날, 왜구가 들이닥쳐
      사태는 매우 위급했네.
      팔순 노모를 업고 피난을 가자니,
      아들을 데리고 갈 수 없어서였네.

보정 ─(아이를 보료에 싸 예좌 밑에 두고)
      왜구가 쳐들어와 사태가 매우 위급합니다.
      어린 자식으로 말미암아
      노모에게 누를 끼친다면
      그것은 제가 바라는 바가 아닙니다.
      천수관음상께서 아이를 주셨으니
      또 자비를 내리시어 돌보아 주옵소서.
      그렇게 해서
      부자가 상봉하는 기쁨을 주소서.
      왜구가 물러가고 아이를 맡긴 지 여드레째
      헛걸음 삼아 천수관음상을 찾아갔지

그런데 죽은 줄로 여겼던 아이가
살아 있는데다
입에서는 젖 냄새까지 진동했으며
생글생글 웃고 있는 것이 아닌가.

4막 1장

무대　― 약사여래전 북벽 관음보살상 벽화 앞.
　등장인물― 희명, 아이, 수많은 신자들, 범패합창단,
승무무용단.

　손순　―(여명의 하늘에서) 당신, 노래를 지어 아이
에게 부르게 하오. 당신도 함께 부르면서 기도하오. 정
성이 지극하면 아이의 눈이 떠질 것이오. 어서 노래를
지어 아이에게 부르게 하면서 정성을 다해 기도하오.
　희명　―(석종소리는 은은하게 다가와 그네의 귓전
을 후려치자 깜짝 놀라 눈을 뜨면서) 이게 무슨 소리
지? 꿈에도 보이지 않던 당신이 여명의 하늘에 나타나
다니… (잠시 나태했던 마음을 다잡고 가슴 밑바닥까
지 훑어) 아이가 태어난 지 겨우 다섯 살입니다. 생매
장하려는 순간, 석종의 신조로 되살아난 아이가 갑자
기 눈이 멀었으니 땅을 치며 얼마나 몸부림쳤는지. 대
자대비하신 관음보살님이시여! 저는 가난에 더부살이

하면서도 남편에게 순종했고 늙은 시어머니를 지성으
로 봉양했으나 정성이 부족하고 박덕한 탓인지 시어
머니며 남편까지 잃은 데다 아이까지 눈이 멀었으니
어떻게 합니까. 아이의 눈을 뜨게 해 주셔야지요.
　범패　－그네는 기구한 팔자임에 분명했으나
　　　　　팔자를 거부하고 운명에 항거했네.
　　　　　항거라고 해서 거창한 것이 아니네.
　　　　　아이의 광명을 찾아주기 위해
　　　　　전국 방방곡곡을 누비고 다니다가
　　　　　분황사 약사여래전 좌벽 천수관음상 앞에서
　　　　　기도하는 모성애를 발휘하는 항거.
　　　　　가슴 밑바닥에서 우러나온 노래에 덧붙여
　　　　　눈 먼 아이에게 노래를 부르게 하는
　　　　　애 타는 모습은 스스로에게도
　　　　　안타깝게 비쳤네.
　희명　－아이가 다섯 살 들어 갑자기 눈이 멀자
　　　　　사찰이란 사찰은 다 찾아다녔지.
　　　　　그러다가 생각난 것이 천수관음상이었네.
　　　　　200여 년 전 보정이 그랬듯이
　　　　　천수관음상에 기도만 하면
　　　　　영험이 내려 구원을 받을 수 있다는,
　　　　　관음보살만이 눈 먼 아들의 운명을
　　　　　좌우할 수 있다는

절대 존재로 와 박힌 것은 우연이 아니었네.
범패   ─관음신앙은 인간 세상의 온갖 고난을
구제하는 것을 근본으로 삼았네.
번뇌와 고통을 구제함은 물론
중생의 기원을 들어준다는 생리로 말미암아
전래되면서 백성들 사이에
급속도로 번져 나갔지.
남아를 원하는 사람에게는 사내를,
여식을 원하는 여인에게는 여식을
낳을 수 있게 해 준다고 믿었네.
관음보살은 응화신으로 33신이 있는데
그 많은 응화신 중에서도
주로 백의관음, 십일면관음,
천수관음보살을 섬겼네.
천수관음보살은
천수천안천벽천설천벽을 가진
관자재보살의 약칭으로
일천 손과 일천 눈을 가졌네.
희명   ─시간이 지날수록 더 더욱 자연스럽게,
그것도 당연하다는 듯이 기도하네.
천수관음상의 벽화 앞에서
안으로 안으로만 우려내어 노래하네.
엄격한 형식에 매여 기도하는 것이 아니라

한결같은 호흡과 토로로
고난구제의 기원을 담아 기도했지.
(눈 먼 아이를 달래고 구슬리며) 아가야. 두 무릎을
가지런히 꿇어 기도하는 자세부터 갖춰야 하지 않겠
니? 힘이 들더라도 그렇게 하렴(아이에게 두 손을 모
아 합장케 하고 기도하게 한다).
아이　－엄마. 나, 엄마가 시키는 대로 다 할 게요.
희명　－그래. 넌 착해서 그렇게 하고도 남아.
아이　－응, 엄마.
희명　－소원을 빌기 전에 자세부터 갖춰야지.
　　　　아가의 눈을 뜨게 하느냐 마느냐 하는
　　　　절박한 심정으로 관음상을 찾았으니
　　　　경건한 마음의 준비는 갖췄다고 하더라도.
　　　　신비롭고 경이로운 천수관음상의
　　　　일천 개 눈을 본 순간, 전율한 데다
　　　　온갖 고난이며 재화까지도
　　　　해결해 주는 관음상에 압도당했지.
　　　　아가의 눈을 뜨게 해 달라고
　　　　기원하는 어미로서는
　　　　천수관음상은 너무나 멀고 높은 데다
　　　　위대하고 경건해서 압도당할 수밖에.
　　　　누가 시킨 것도, 배운 것도 아닌데도
　　　　소원이 간절한 만큼

절로 자세가 가다듬어졌고
마음마저 엄숙해질 수밖에 없는 자세,
그런 자세부터 노래로 옮겼네.
　　　－ 저는요 무릎을 꿇고 꿇어
　　두 손은 모아 모아서 괴고
　　천수관음상 앞에, 관음상 앞에
　　숙원의 말씀 아뢰나이다.
범패　－ 벌써 세속적인 모든 것을 잊고
　　무아경의 경지에 들어섰네.
　　끝내 눈을 뜨게 해 달라는 기원을 담아
　　천수대비상께 의지했는데도
　　정신적인 자세가 부족했든지
　　감정이 북받쳐 오르네.
　　간절한 호소도 한번 끊어지면
　　효력을 잃을지
　　모르기 때문에
　　거듭거듭 애원하지 않으면
　　아니, 절박감이 고조되지 않으면
　　혼신을 다해 기도하는 것마저
　　성취되지 않을지 모르네.
　　일천 손, 일천 눈을 가진 보살을 보는 순간,
　　두 눈을 상실한 아가의 어미로서
　　엄청난 부러움에 직면했고

도달할 수 없는 거리감에 몸을 떨어댔으니.
절대자의 위력과 존재에 비해
아가의 처지가 너무나 초라하고 불쌍해.
관음보살은 어떤 지난한 일도
능히 해낼 수 있는 신력을 가지고 있어
일천 눈에서 하나를 덜어
눈을 뜨게 해 주리라.
그것마저도 신력이 위대성으로 끝나서는
아니되며 현실로 나타나
아가의 눈을 뜨게 하는 호소력이라야
보살을 움직일 수 있음이니.

희명　– 일천 손 일천 눈에서
　　　하나를 내놓거나 하나를 덜어
　　　두 눈이 다 먼 저에게
　　　하나라도 주어 고쳐주소서.

범패　– 두 눈이 없는, 아비마저 없는 아가가
　　　앞으로 험한 세상을 살아가자면
　　　얼마나 참담할 것인지를 알려
　　　보살의 신력이 지체 없이
　　　발휘되도록 오금을 박아 노래하네.
　　　절대자에 대한 의존과 절대 간청이 있다면
　　　부수되는 것은 소원성취뿐.
　　　해서 애원의 묘처를 숨기기까지 하네.

하나의 눈이라고 겸손을 내세웠으나
두 눈이 먼 아가에게는
두 눈이 필요한 것은 지당했으므로.
하나라도 베풀어 달라는 데는
하나를 얻는다면 둘도 얻을 수 있을 터.
하나를 짐짓 달라고 하면
관음보살의 자비로 보아 하나만 줄 리 없지.
되레 가상히 여기고 두 눈을 줄 테지.

희명   － 아아, 제게 끼치어 주신다면
내놓으신 자비 크오리다.

범패   － 지은 가사를 아이에게 곧장 가르쳐
기도하게 한 것은 아니네.
먼저 수백, 수천 번 노래했네.
입술은 부풀어 터졌고
피는 홍건히 흘러 목을 적셨으며
저고리 앞섶까지 물들였네.
노래를 할 수 없을 정도로
혓바늘은 수십 군데나 솟았네.
급기야 입만 뺑긋 해도
피가 흘러 노래할 수 없게 되었네.

희명   － (그제야 아가를 보고) 애야, 내가 노래를
가르쳐 주, 줄 것이니, 그대로 외었다가 기도하는 사이
사이 노래해라(한 소절 한 소절씩 선창한다).

아이　－(더듬더듬 따라 하다가 이내 외워 노래한다)
　　　　저는요 무릎을 꿇고 꿇어
　　　　두 손을 모아 모아서 괴고
　　　　천수관음상에, 관음상에
　　　　숙원의 말씀 아뢰나이다.
　　　　일천 손 일천 눈에서
　　　　하나를 내놓거나 하나를 덜어서
　　　　두 눈이 다 먼 저에게
　　　　하나라도 주어 고쳐주소서.
　　　　아아, 제게 끼치어 주신다면
　　　　내놓으신 자비 크오리다.

범패　－아가도 노래하며 기도하네.
　　　　수천, 수만 번 노래하네.
　　　　아이의 입술도 터져 피가 흘러 목을 적시네.
　　　　아가가 잉어처럼 입만 달싹이자
　　　　눈 먼 두 눈이 소리를 대신하네.
　　　　우연의 일치인지 모르겠으나
　　　　모자가 노래하며 기도한 지
　　　　아홉 밤 열 날이 되는 새벽,
　　　　솔거가 관음상을 완성하고
　　　　회복되었던 시력을 또 상실한 시각과
　　　　우연히 일치하면서
　　　　아가만이 아는 이적이 일어나고 있네.

아이　－(기어드는 소리로) 보살님, 저 나쁜 짓하지
않았어요. 저 못된 아이도 아니에요. 그런데도 제게 이
런 기막힌 시련을 주셨으니, 이제는 거둬 가실 때도 되
지 않으셨나요. 보살님, 저 좀 도와 주서요. 저보다도
저희 엄마가 불쌍하지 않으서요. 대자 대비한 보살님
이시여, 엄마를 보더라도 눈 좀 뜨게 해 주서요.

범패　－솔거가 잃었던 시력을 회복해서

　　　　일천 손, 일천 눈, 일천 발,

　　　　일천 혀, 일천 어깨를 빈틈없이 그려냈는데

　　　　지금의 천수관음상에는

　　　　일천 손, 일천 발, 일천 혀,

　　　　일천 어깨는 그대로 있는데

　　　　일천 눈만은 구백아흔아홉 개가 남았네.

　　　　하나는 어디로 갔는지 알 수 없네.

　　　　솔거가 시력을 또 상실한 순간과

　　　　일치하면서 관음상에는

　　　　또 하나의 눈이 사라졌네.

　　　　사라진 관음상의 두 눈이

　　　　어느 새 눈 먼 아가의 눈으로 들어와

　　　　여명처럼 광명을 발산하네.

　　　－막이 내리면서 「천수대비가」가 여운을 끈다.

지은이 소개 ㅣ

김장동은 월간문학 소설부분 신인상으로 문단에 등단해 동국대학교 국문학과 졸업 및 동 대학원을 수료, 한양대학교 대학원에서 문학박사를 취득. 국립 안동대학교 인문대학 국문학과 교수역임 재임 중 출판부장, 도서관장, 인문과학연구소장, 대학원장, 전국국공립대학교대학원장협의회 회장 등 역임.

저서로는 『조선조역사소설 연구』, 『조선조소설작품논고』, 『고전소설의 이론』, 『국문학개론』 등이 있다.

소설집으로 『우리 시대의 神話』, 『천년 신비의 노래』, 『향가를 소설로 오페라로 뮤지컬로』 등이 있다. 장편소설로는 『첫사랑 동화』, 『후포의 등대』, 『450년만의 외출』, 『이 세상에서 가장 오랜 시간에 걸쳐 쓴 편지』, 『대학 괴담』, 문집으로는 『시적 교감과 사랑의 미학』, 『생의 이삭, 생의 앙금』이 있으며 『김장동문학선집』 9권을 출간하기도 했다.

시집으로는 『하얀 실비』, 『오늘 같은 먼 그날』, 『한 잔 달빛을』, 『간이역에서』, 『하늘 밥상』이 있다.

하늘 꽃밭

| 초판 1쇄 인쇄일 | 2010년 12월 16일 |
| 초판 1쇄 발행일 | 2010년 12월 17일 |

지은이	김장동
펴낸이	정진이
총괄	박지연
편집 · 디자인	이솔잎 채지영
마케팅	정찬용
관리	한미애 김민주
인쇄처	월드문화사
펴낸곳	북치는 마을

등록일 2005 13 14 제17-423호
서울시 강동구 성내동 447-11 현영빌딩 2층
Tel 442-4623 Fax 442-4625
www.kookhak.co.kr
kookhak2001@hanmail.net

| ISBN | 978-89-5628-560-3 *03800 |
| 가격 | 7,000원 |

* 저자와의 협의하에 인지는 생략합니다.
북치는 마을은 **국학자료원**, **새미**의 자회사입니다.
잘못된 책은 구입하신 곳에서 교환하여 드립니다.